사랑 그리고
그리움의 편지

사랑 그리고 그리움의 편지

발행일   2020년 8월 14일

지은이   허경자
펴낸이   손형국
펴낸곳   (주)북랩
편집인   선일영   편집   윤성아, 최승헌, 최예은, 이예지
디자인   이현수, 김민하, 한수희, 김윤주, 허지혜   제작   박기성, 황동현, 구성우, 권태련
마케팅   김회란, 박진관, 장은별
출판등록 2004. 12. 1(제2012-000051호)
주소   서울특별시 금천구 가산디지털 1로 168, 우림라이온스밸리 B동 B113~114호, C동 B101호
홈페이지 www.book.co.kr
전화번호 (02)2026-5777   팩스   (02)2026-5747

ISBN   979-11-6539-346-5 03810 (종이책)   979-11-6539-347-2 05810 (전자책)

이 도서의 국립중앙도서관 출판예정도서목록(CIP)은 서지정보유통지원시스템 홈페이지(http://seoji.nl.go.kr)와
국가자료공동목록시스템(http://www.nl.go.kr/kolisnet)에서 이용하실 수 있습니다.
(CIP제어번호: CIP2020033145)

허경자 시집

사랑 그리고 그리움의 편지

북랩 book Lab

시인의 말

내 나이 벌써 쉰일곱.

어린 시절부터 써 놓은 글들을 정리하다 보니 40년 전의 감정과 감성이 지금 나의 감성과는 많이도 다르다는 것을 알게 되었고 이 책을 펴내는 계기로 또 다른 꿈이 생겨서 좋고 또 다른 인생의 계획을 세울 수 있어 좋다.

청소년기를 지나 청년기를 보내며 자연, 사춘기, 친구와의 추억, 짝사랑, 첫사랑의 순간순간 느껴지는 감정을, 때와 장소에 구애받지 않고 등굣길, 수업 시간, 잠을 자다가도 일어나 잡히는 화장지에도 문득문득 써 보았던 나만의 어린 시절 감정이 담긴 이야기와 어른이 된 후에 쓴 몇 개의 시들이다.

오랫동안 이사할 때마다 버리지 않고 끌고 다니면서 한 번은 책으로 엮어 간직하고 싶었는데 이번에 좋은 기회를 만나 출판하게 되었다.

이 책 내용은 완성되지 못한 부분이 많지만, 그때 그 시절의 감성을 간직하고 싶다.

이 책을 계기로 또 다음의 나의 이야기를 담은 또 다른 책을 내 보고 싶은 욕심도 부려 본다.

이 책을 내기까지 여러 모로 응원해 준 남편과 가족 모두에게 고마움을 표하며 이런 기회를 주시고 여러 가지로 도와주신 성수연 선생님께도 감사하다는 말씀을 드리고 싶다.

2020년 초 여름날
허경자

차 례

2장
행복을 찾아서

3장
그리움이 사무칠 때

4장
주소 없는 편지

5장
시인이고 싶다

1장

어
린
시
절

부모님 은혜

먹을 것 있으시면 다 나를 갖다 주시고
돈 아껴 내 차비 보태어 주시는데
나는 왜 부모 말씀 그렇게도 안 들었던가

잠자리 들었을 때 이불을 덮어주고
내 몸이 아플 때는 가슴 아파하시는데
나는 왜 부모 은혜 그렇게도 몰랐던가

아침에 부엌에서 달가닥 소리 난다
누구인가 그건 바로 어머니 일 소리
나는 왜 부모님의 일손을 못 도와드렸는지

미래의 길

나는 이제 가련다
미래의 나의 길로
현실에 얽매이지 않고
미래의 길을 찾아가련다
지금 나는 누군가 와서
웃거도 웃을 수 없을 만치
슬픔에 잠겨 있다
나는 이제 가련다
미래의 나의 길로

떠나시는 선생님께

떠나시는 이 순간에도
우리의 걱정만을 해주시는
인자하고 덕망 있는 선생님
저는 선생님의 은혜에 보답하겠습니다
언제나 우리들의 걱정에
주름살이 늘어 갈 때에
저의 마음속엔
선생님께서 가르쳐주신 학문이
하나둘 움터옵니다

친구

친구 떠난 집은 쓸쓸하기만 하구나
친구가 떠나던 날
눈은 한없이 내리고 또 내렸다
너는 나의 마음을 아는지 모르는지
말없이 떠나 버렸다
나는 눈을 맞으며 생각했다
나의 친구는 아주 가는 것이 아니라고
또 만나자 나의 친구여
나는 네가 올 때까지
괴로움과 슬픔을 참고 기다리리
친구 뒷모습 보며 눈물 흘린다

꿈 많은 여고생

이리로 갈까?
저리로 갈까?
이리로 가도 꿈이 있고
저리로 가도 꿈이 있네
이쪽저쪽 다 가면
너무나 벅찬 행복감
아
꿈 많은 여고생
누구나 누리진 못해도
우리만은 누릴 수 있는
아
꿈 많은 여고생

꿈 많은 소녀

저는 지금 사랑을 모르는
어린 소녀랍니다
절 건드리지 마세요
이 어린 소녀의 꿈을
이루어갈 수 있도록

전 아직 15세라는 소녀니까
꿈이 활짝 피려고
꽃봉오리가 많이 담뿍 맺혔어요
조금 후엔 그 꿈이 활짝 피어서
꿈을 이룰 거예요

당신은 멀리 떨어져
이 꿈 많은 소녀의
꿈이 피어나는 걸
지켜보고만 계세요

친구에게

차디찬 겨울은 지나가고
따뜻한 봄이 찾아오는
길목을 걸을 때마다
친구의 얼굴이 나의 길을 가로막아
나도 몰래 발길을 멈추고
친구의 생각에 잠겨보곤 한단다
난 친구를 잃은 작은 새처럼
홀로 허공을 날고 있어
다 떠나고 나만 외로이 남았구나

꿈속에서

친구를 그리다 잠이 들면
꿈속 저 먼 아름다운 나라에서
친구와 함께 꿈속에 공주가 되어
꿈의 나래를 펴본다
기나긴 밤에 속삭이는
사랑 이야기들처럼
밤새워 속삭이고 싶다
저 먼 나라의 꿈속에서

산열매

우리 오빠가 따 주던 산열매에는
다정한 사랑이 흘러온다
산에서 두 주머니 불룩하게 따다 주던
깨금,* 머루, 으름, 다래 등
자연의 맛을 맛보는
오빠가 따주던 산열매
그 속엔 남매 간의 다정한 정이 흐른다

나무에 주렁주렁 달린 깨금
오빠는 나를 보고 가만있으라 하고
얼른 따다가 조그만 나의 손에
살짝 놓아준다
가만히 오빠의 얼굴을 올려보다
두 눈이 마주치면
얼른 깨금 하나를
입에 넣고 깨물어본다

* 깨금은 개암나무 열매를 말한다.

딱딱한 껍질을 벗기면
하얀 속살을 드러내고
하얀 알맹이를 씹으면
음……
그 고소한 깨금의 맛

아름다운 자연 속에서
누가 키우지도 않았는데
맛있는 열매를 맺어
나의 마음에
자연의 풍요로움을 안겨준
자연의 열매

우정의 눈길

난 보았어요
친구의 초롱초롱한
우정의 눈망울을
그 우정의 눈길을 받고 싶어요
나에게 보내 주세요

난 너에게 우정의
미소를 받고 싶고
난 너에게 우정의
키스를 받고 싶어요

친구가 우정의 키스를 보낼 땐
나의 마음 끌리겠고
나의 마음 끌려가면
나의 몸도 가겠지요
그럼 난 아주 순수한
우정의 꽃다발을 보낼게요

그리운 친구들

밖에는 흰 눈이 내린다
헤어진 나의 친구들
모두 잘 지내고 있는지
근, 옥, 희, 경, 명, 미, 숙, 자 등
다정했던 이 모든
친구들이 보고 싶다

같이 공부하던 교실
마음껏 뛰어놀던 운동장
모여서 수다를 떨던
나무 밑 벤치……
추억 속의 친구들

그 언제나 만나려나
이 모두가 그리워진다
지금은 모두 어디에……

군불

두레박으로 퍼 올린 물을
함지박에 담아서 이고 와
커다란 가마솥에
한가득 채우고
솔가지 꺾어
군불을 지핀다

부지깽이로 솥뚜껑 두드리며
흥얼거리는 노래에 장단 맞춰
우리 집 무녀리 강아지란 놈은
꼬리치며 춤을 춘다

어제 돌이가 잡아 온
참새 굽는 냄새가
코를 찌른다

옷걸이

색동옷 곱게 입고 있다가
우리 아기 울면은
얼른 벗어 아기에게 입혀주고는
방긋이 고개 들고 있다가
우리 아기 잠들면
또 색동옷을 입고 있기도 하고
우리 아빠 작업복을
밤새도록 걸치고
누가 가져갈까 봐
꼬옥 지키고 있다
그러다 밝은 태양이 비치는
아침이 되면
우리 아빠에게 살짝 입혀주면
우리 아빠 신나게 일터로 나가신다

2 장

행복을 찾아서

행복의 그날까지

내가 처음 당신을 만났을 때에는
난 그다지 좋아하지 않았는데
자꾸 만날수록 좋아지는 건
당신도 나를 좋아하니까

오, 사랑 내 사랑
영원히 내 곁에서
꽃피는 봄이 오면
동산에 올라
나는 당신의 더 큰 동산이 되고
당신은 그 위에 서서
그 넓은 세상을 바라보며
우리들의 꿈을 키우리

오, 사랑 그대여
영원히 내 곁에 있어 주오
당신과 나의
행복이 올 때까지

첫눈이 내리는 날

첫눈이 내리는 날
소원을 말하면
소원을 들어준대요
온 세상 사람들은
제각기 소원을 말하세요
저의 소원은
그대와 함께랍니다

첫눈이 하나하나 휘날립니다
바람과 함께
바람결에 휘날립니다
나의 마음은
창밖으로만 갑니다

오늘은 첫눈 내일은 둘째 눈
계속 눈이 내려
온 대지를 하얗게 덮으면
아주 멋있는 세계로
장식될 거예요
눈을 내려주신
그 어느 분에게 감사를 드립니다

사랑하면 그럴까?

저 하늘을 나는 비둘기처럼
이 마음은 그대와 함께
새처럼 공중을 나네
사랑하면 그럴까?
행복하면 그럴까?
그대와 함께 있으면 행복한 것은
우리 사랑의 꿈이 활짝
피어나기 때문이겠죠?
사랑합니다
행복합니다
그대와 함께 있으면

우리의 사랑 보름달처럼

저 맑고 밝은 싱그러운
초여름 보름달처럼
우리의 사랑도 밝고 싱그럽게
자랄 수 있도록
우리 둘만의 사랑 끝없기를
저 높은 하늘에 있는
달님에게 맹세할 수 있다면
한 달에 한 번밖에 뜨지 않는
보름달이지만
그래도 빠지지 않고
찾아주는 그 마음을 닮아
우리의 사랑 영원하길

이 거리

이 거리를 보아요
저 거리를 보아요
행복에 가득 찬
저 거리를 보아요
성낸 사람, 골낸 사람,
웃는 사람,
모두 모여 있는
거리로 뛰어나가
활짝 웃어봐요
웃음꽃이 활짝 피는
아름다운 거리를 만들어요

봄아!

개구리 울음소리 들리고
시원한 바람이
살결을 쓸고 지나가는 여름의 밤
여름의 신선함을 알려 주는 듯한데
봄아 너는 어디로 갔니?

세월이 무엇이기에
네가 흐르는
세월의
여름에 쫓겼니?
다음 해엔 잊지 말고 꼭 찾아와다오

그때는 나의 사랑도 싹이 틀 테니
나의 사랑 축복해주러
꼭 찾아와다오, 응? 봄아!
내납해다오, 봄아!

아침이슬

녹음이 짙푸른 여름의 아침
풀잎마다 아름답게 맺혀
반짝이는 아침이슬
누가 그것을 밉다 하리오

아름다운 그 자태는
너무도 아름다워
공주님의 목에 걸린
진주보다도 더 아름다운 것

그러나 햇살에 반짝이다
햇살에 빨려
어디론가 가버리는
여름의 아침이슬

그러나 다음 날 아침이면
사랑스러운 그대 눈망울처럼
또다시 맺히는
사랑스러운 그대 눈동자

진달래꽃

진달래야 너는 왜 수줍어하니?
무엇이 부끄러워시 그러는지
나에게만 말해 줄 수 있겠니?
그 아름답고 순결한 진달래야
분홍색의 옷을 입은 네가
수줍어한다면
거기엔 아주 커다란 무엇인가가
숨어 있을 거야
그렇지 않니?
진달래야
있다면 나한테만 말해 다오

저녁노을 빛에

저 먼 산 위에 펼쳐진 저녁노을
붉은색으로 수를 놓아
내 볼도 붉게 물들었다
아기의 두 볼은 홍조 같아서
앵두 같은 입술을
대어 주고픈 마음 달랠 길 없어
살짝 두 볼에 입 맞췄다
상기된 아기의 얼굴이
활짝 펴지면
온화하게 웃음 짓는
천진난만한 그 얼굴
저녁노을에 홍조가 됐나?
부끄러운 마음에 홍조가 됐나?

꿈의 나래

비 온 뒤의 대지는
너무나도 깨끗하고 아름다워
수정알처럼 맑고 밝은
빛나는 햇빛이 나오면
대지는 햇빛 따라
수정알처럼 빛나겠지,

대자연의 꿈을 펼치는 연둣빛 계절
연한 연둣빛으로 펼쳐진
그 들판을 바라보며
나의 꿈의 나래를 펼쳐 본다

연둣빛 시대가 지나가고
짙푸른 녹음의 계절이 펼쳐지면
나의 꿈도
더욱더 짙푸르게 펼쳐지겠지

그 많은 꿈을
저 아름답게 빛나는 자연 속에
멋지고 아름답게 펼쳐 볼래
나의 꿈의 나래를……

樂을 찾아

인생의 길을 향하여
나는 한 걸음을 걸어본다
그래도 고되지 않아
또 한 걸음을 걸어본다
한없이 걷고
또 걷는 중엔
많은 장애물이
나의 앞을 가로막는 것도
적지 않으리라
그 적지 않은 장애물을
난 나의 작은 고동 소리와 함께
뛰어넘으련다
고됨 뒤에는 樂이 온다고들 하기에……

향기에 취해

아카시아꽃 내음새 풍기는
싱그리운 초여름
어느 한 소녀가
이상한 꿈에 휩쓸려
그 내음새에 취해
하루 종일 해 지는 줄도 모르고
앉아 있네
아카시아 꽃잎이
떨어지는 줄도 모르고 앉아 있네

봄이 왔다

이 세상 모두가 잠든 이 밤에
옛 추억의 날들을 되살려내면
사랑스럽던 어린 시절

버들강아지 꺾어 버들피리 만들어 불고
진달래꽃 한아름 안고서
산을 내려오던 날
그날이 바로 봄날이었나 보다

세상의 모든 생물이
눈을 뜨는 계절
사랑이 싹트는 계절
우리들의 시절과 같은
청순하고 아름다운 계절 봄

인간의 삶 중에서
청춘 시절에 해당되는 부분
꿈 많고 먼 미래의 길이
활짝 열리는 계절
사랑도 있고 행복도 있는 계절

온화한 햇빛
아름다운 풍경
깨끗한 청록의 대지
계절 중에 가장 싱싱한 계절
봄이 왔다

새 역사의 길

바닷가에 뱃고동 소리
여전히 그칠 줄 모르는 소리
이 뱃고동 소리는
만방에 떨치는 소리
울려라
뱃고동아
울려 퍼져라
저 하늘 높이
자유를 주어라
저 지옥 같은 곳에
자유를 주어라
우리는 쉬지 않고 일하면서
어떠한 운명도 해쳐 나아갈 정신으로
끊임없이 성취하고 추구하며
일하며 배우리라
먼 훗날에도 후회 없는
새 역사의 길이 되고
후손들에게 실망 없는
새 나라를 만들어 보리라

가을의 첫 바람

아침저녁 불어오는
선선한 바람 속에
가을이 찾아온다
불어도 불어도
지루하게 생각되지 않고
바람에 맞는 것이 좋게만 느껴지는
가을의 문턱에서 불어오는 바람
가을의 첫 바람
가을이 오면
수확의 기쁨이 있고
풍요로운 생활이 열린다

태양의 곁에

빨갛게 달아오른 불덩이 옆에 서서
조그맣게 반짝이며
한없이 거닐고 싶다
사랑의 두 불꽃처럼
火神 빛나고픈 마음
이 세상 아무 곳에서라도
두렵지 않을 게다

그대의 창가로 다가가
당신의 숨소리 듣다가
깜짝 놀라 달아나는
저 작은 꼬마별이 되어 보고파질 때도 있고
그대가 없을 때는
달님에게라도 가서
곁에 앉아 있고 싶어질 때도 있다

항상 내 마음 태양의 주위를 맴돌며
언제쯤 가까이 가볼까 생각도 해 본다
그러다 문득 기회가 와서 다가서려면
당신은 저만치 먼 곳으로
구름 속에 몸을 감추고 있어

갔다가 보지 못하고
뒤돌아 와야만 했다

그래도 난 괜찮다
당신만 곁에 있어 준다면
저 맑은 하늘에서
수많은 별들과 어울려 뛰어놀 수 있다

멀리서만 보는 저 태양을
꼭 한 번 가까이 서 보고 싶어진다

언덕 위의 하얀 집

언덕 위의 푸른 초원
그곳에 내 편히 쉴
하얀 집을 짓고 살고 싶어
푸른 잔디 위에
예쁜 강아지 뛰어놀고
파란 나뭇가지엔
노랑 새 한 쌍
다정히 인사하며 아침을 맞는
그런 아름다운 풍경
아무도 없어도 좋으리
나의 꿈이 있고
자연이 있으니까

새해의 문

나는 가깝고도 먼
새해의 문으로 달려 나간다
푸른 하늘도 날 보고 웃고
세상 만물이 날 보고 웃는다

내가 제일 먼저
저 새해의 문을 열리라
대망의 문을 활짝 열어젖히고
새 출발의 발을 디디리라

사랑과 이해와 믿음과 정직과
정의와 신의와 희망
이 모든 것의 노예가 되어 살아가리
선의 욕심쟁이가 되어보리

먼 미래에
내가 나갈 길을 찾아
나아가고 또 나아가리
새 희망의 새 아침을 향하여

나의 자리

먼 산 위의 그릇을 생각하며
오늘 하루도 쉼 없는 길을 간다

멀고도 깊은 곳에 있는 그릇
내 가지 않으면 그대로 그 자리
천년이고 만년이고
그곳에 있으리

내 죽어 그 자리에 묻힌다면
그 그릇 곁에
영원히 머무르련만
세월이 흘러도 변치 않는
자리가 되련마는

하지만 내 어찌
그곳에 묻히리라 생각할까?
서른 해의 나의 삶은
어떤 자리에 있게 될까?

방랑자

나 외롭고 슬픈
길 잃은 방랑자
나 어느 곳
어느 길로 가야 하는지
나 알지 못하지만
나 열심히 찾아서
걷고 또 걸으리

난 외로운 방랑자
나 그대 곁으로
찾아가리라
나 괴로워도 참으리
나 험난한 길이어도
참으리라
나의 님 곁으로만
갈 수 있다면

가리라

나 이제 가리라
멀고 먼 그대 곁으로
아주 작은 꼬마 방랑자 되리
저 먼 나라의 주인공이 되리
나 이제 먼 곳으로 떠나리
조그만 조각구름 타고
저 먼 나라의 그대 곁으로 가리

꽃과 나비가 있고
사랑이 가득 찬 나라
내 행복을 찾을 수 있는
아주 조그만
그 임의 나라로 날아가리

저 조그만 돛단배 잡아타고
내 손으로 노 저어
저 먼 그 임의 나라를 향해
노 저어가리

그 임이 맞거주지 않아도 좋으리
내 가고픈 곳
그곳으로 찾아가리라

3장

그리움이 사무칠 때

떠난 님

비가 오면 생각나는 님
빗속을 뛰어서
내게로 올 것만 같구나

그러나 이제는 떠난 님
잊어야지
더 생각해 봐야
괴롭기만 하구나

이제 님이 오리라는
허망한 꿈은 다 잊고
새 출발을 해야지

무정한 님
날 괴롭게 만든 님은
지금은 어디에……

이별

대체 누기
이별을 만들었던가
만남이 있으니
이별이란 것이
없으리란 법은 없지만
만나면 헤어지지 않는
영원한 샘물이
있으면 좋으련만

인연

만남도 인연이고
이별도 인연인가
와서는 인연이라 하고
갈 때도 인연이라
만나서 헤어진다고 하니

만남이 인연인가?
이별이 인연인가?
왔다가 갈 인연이라면
차라리 오지나 말지……

눈물

기뻐도 눈물
슬퍼도 눈물
허전해도 눈물
괴로워도 눈물
적막해도 눈물
외로워도 눈물
좋아도 눈물
이별을 해도 눈물

세상 사람들은 모든 것을
눈물로써 표현하나 보다

가을비가 내리던 날

가을비가 내리던 날
그 비를 맞으며 걷고 있는 여인들
무엇을 잃고 저렇게 괴로워하는가?
누군가 빨리 와
저 여인들을 감싸 안으며
괴로움을 달래줄 수 있을까?
내가 가서 달래주면 달래질까?

아니야
내가 가도 소용이 없을 거야
괴로움을 준 그 무엇을 찾아
저 여인들에게 데려다주면
다정한 말로 괴로움을 달래줄 거야
그러면 저 여인들
항상 날 보고 웃겠지?

영원히 행복하길 빌어본다

임이여

괴로움 달래려고 물가에 서서
노래를 부른다
저 멀리서 얼굴을 내미는
밝은 보름달

저 달 속에서
그리운 임의 얼굴이 보였으면
내 마음은 그리운 임밖에
모르는가 보다

내 임이시여
빨리 내게로 와
내 마음 달래주오
내 마음은 언제든지
임 맞은 준비가 되어 있다오

떠난 임에게

당신 때문에 나의 마음엔
희망이 속삭이고 있었습니다
우정도 싹트고 사랑도 싹트고
나의 마음엔 꿈이
활짝 피어났지요
활짝 핀 국화 한 송이와도 같았죠

그러나
당신이 날 버리신 날
나의 마음은
그늘에 가리워졌습니다
다 시들어버린
한 송이의 국화꽃처럼……

외로운 마음

오늘도 외로운 마음 달래며
나는 고이 잠든다
고요한 밤 꿈속에 보이는 그대의 모습
저 멀리서 내게로 다가오는 그대
보일 듯 말 듯 저 멀리서
보이는 듯하다

꿈결 속에 보인 그대가
지금 내 앞에 있으면 좋으련만
꿈이여 깨지 마소서
이대로 영원토록 눈을 감으면 좋으련만
꿈 깬 지금 내 마음은 너무나 허전해
허탈한 웃음이라도
내 마음을 꽉 채울 수밖에

추억

당신은 생각이 나십니까?
그때 그날에 있었던 일을
나는 지금도 생각하고 있습니다
그러나 이제는
다 잊어버려야 할 일들
생각하지 맙시다
이대로
그 지난 일들은 모두 다
안녕

난 너에게 속삭이고 싶다
사랑을 위한 사랑만으로
사랑스럽게 사랑해 달라고

서로의 길

이쪽은 나의 길
저쪽은 너의 길
서로의 길이 어긋날 때
우리는 만났다
헤어져야 한다

가기 싫어도 가야만 하는
우리의 어긋난 길
헤어지긴 싫다
누가 좋은 사람이 있으랴
우리의 인생은
한 번 만나면 꼭
헤어지게 되어 있다

모든 사람들의 만남과 헤어짐
우리의 만남도
우리들의 따스한 사랑도
잠시 후엔 열기가 식어
한겨울의 빙판처럼 차가울 것이다
우리 사랑이 영원할 순 없는가?

날 버리신 님

난 날 버리고 떠난
당신을 생각해 봅니다
그러나
지금은 사랑하지 않아요
그래도 남는 것이 미련이라서
난 당신을 기억하나 봅니다

잊으려고 노력은 했었지만
잊히지 않는 것은
미련이 많이
남아 있기 때문이겠죠

당신은
당신이 사랑하는 사람과
오랫동안 사랑하며
행복하게 살아가겠지요

오랜 세월이 흐른 뒤
그때는 생각나지 않을지도 모릅니다
당신은 걱정하지 마시고
영원히 사랑하는 사람과

행복을 찾으세요

당신은 떠났지만
저는 아직도 많은 꿈이 있으니
나의 꿈이 있는 곳으로
찾아가겠어요

사랑의 믿음

너를 믿었었기에
나는 사랑했고
너를 사랑했기에
울어야만 했다

나의 믿음이
헛되이 되지 않기를 빌며
나는 믿었었다

그러나
이제는 나의 믿음도
안녕을 해야 할 시간이로구나

그대를 영원히
갖고픈 마음으로 믿었었는데
안녕을 고하고 싶지 않아
너를 믿었는데
이렇게 안녕을 해야 하다니

그러므로 나의 믿음은
허사로 돌아가야만 했다

나의 믿음이 허사로 돌아가게 한 그대

난 또
다른 믿음을 찾아가야겠지?
다시 믿음을 찾는다고 해도
그대와 같은 믿음은
찾지 않을 테다

그러나 그대여
날 잊지는 말아다오

보고픈 마음에

보고픈 마음에 기다렸지만
그 마음을 몰라주네
너무도 보고픈 마음에
또 기다렸지만
그래도 그 마음 몰라주었네

당신이 떠나신 그날부터
당신이 보고파서 기다렸어요
안 보면 보고파서 기다렸지만
와주지 않아서 못 보았어요
보고픈 마음에 기다렸지만
당신은 와주지 않았답니다

별은 태양을

저 고개 넘어
불끈 솟아오른 태양처럼
당신은 언제나 빛나고
그 태양이 지면
언제나 난
조그만 하나의
꼬마별이 되어 반짝입니다

사랑을 알지 못하는
작은 꼬마의 마음
언제나처럼 반짝이며
그대에게 다가갈 날만 기다립니다

난 태양의 곁에
머무르고 싶습니다
태양이 살아있는 한
이 작은 꼬마별은
반짝이겠어요

두 마음의 꽃

눈 쌓인 언덕에서
우린 즐거웠고
너와 나의 웃음 속에
행복이 넘쳤었다

그대가 떠난 지금도
난 잊을 수가 없어
언덕에 올랐다

그대는 보이지 않고
행복했던 지난날의
추억만이 나를 반겼다

먼 하늘가에
곱게 핀 두 송이의 꽃
내 마음과 너의 마음이
두 송이 꽃이 되어
먼 하늘에 피어올랐으리라

망상

오늘은 차가운 바람이 불며
틈새마다 흐느낍니다

조금 전만 해도
풀이 있던 초원에는
서리가 흠뻑 내렸습니다

창가에 마른 잎 하나가 스쳐 갑니다

나는 눈을 감고
안개에 싸인 먼 도시를 거닐고 있는
당신의 모습을 봅니다

편지

맑은 하늘에
한 줄기 솟아오르는
뭉게구름은
산 넘고 물 건너 어디로 가나?

구름 속에
나의 사연 띄워보네
구름아
우리 님에게
나의 사연 전해다오

사랑이란

사랑이란 단어를 찾기 위해
무던히도 애를 썼다
그 사랑이란 단어를 찾았을 때
난 사랑하기에 매우 바빴다

그러나 사랑이라는 것은
만날 때는 기쁘지만
헤어지면 슬프다는 것을
나는 이제야 알아 버렸다

사랑 1

열병 속에서도
한낱 허점 없이
살아온 우리 두 사람
사랑이 무엇이기에
그 사랑을 위해
이 젊음을 바치려 하는가!

후에 우리에겐
많은 사랑이 있게 되는데
왜?
무엇을 하려고
이렇게 사랑하며
그 사랑에 괴로워하고 있나?
사랑의 의미도 모르면서……

상처

가고 없는
그대 빈 자리에
사랑에 꽃 한 송이
홀로 피었네

떠난 흔적 남겨 두고
가버리면
나는 어떻게 해야 하나

차라리 갈 바엔
모든 걸 가지고 떠나지
내 마음 더욱 아픈 상처 안고
몸부림쳐야 하는데

어린 사랑

내 나이 스물하고 하나에
난 사랑을 했었지
그해 가을에
낙엽 따라 떠나버렸지
쓰라린 상처만 남겨 두고서

아픈 가슴 쓸어안고
그 사람은 가버렸네
너무나 어린 사랑이
너무도 쉽게 사라져
마음을 달랠 수 없었지

사랑한다고 말해 놓고
떠난 사람을
붙잡지도 못한 채
되돌아왔지

그러나
왜 떠났는지
그땐 몰랐지만
세월이 지나 지금에는
그 이유를 알겠네

이제 나도 어른이 되었지
하지만 언제나
보고 싶은 얼굴이라네

저 황혼빛에

저 황혼빛에
마음껏 취해 보고 싶다
사랑하는 이가
옆에서 불러도 모를 정도로

저 황혼빛에
나의 모든
사연들을 던지고 싶다
그대가 내게 준 사랑도
줄 수만 있다면
난 그것마저도 다 주고 싶어진다

저 황혼빛에
사랑받고 싶다
오롯이 나 혼자만이

창을 열고

고요한 밤
창문을 열고
별을 보며 속삭였다
너와 나의 사랑을
또다시
속삭이고 싶다
서로의 마음에
창문을 열고
그러나
그것도 어떤 제약이
우리 둘 사이에 서 있기에
그리워도
보고파도
보지 못했다

4장

주소 없는 편지

나의 아기

아가야
너의 맑은 두 눈엔
사랑만이 가득하여라
웃을 때의 너의 모습
너의 목소리 오호 오호
어느 천사의 모습에 비하리오

음악에 맞추어 몸을
깡충깡충
뛰는 모습은
어느 무용가의 몸짓에 비하리오

네가 엄마 아빠
부르는 소리는
그 어느
옥구슬 구르는 소리에 비하리오

너의 그 모습은
그 무엇과도 비교할 수 없는
맑고 깨끗하고 순수하고 건강한
대자연이어라

오늘 하루도

하루 종일 집에서 보냈다
그저 뒹굴뒹굴 지내다가
시장을 한 바퀴 헤매고 돌아왔으나
결론은 내리지 못한다
마음은 정리되었으나
영 내 마음대로 되지 않음이 있다

어찌 해야 할까?
그저 한마디가 필요할 뿐
혼자이고 싶으나
그렇게 되지 않음을 어쩌랴
몹시 힘들고 머리가 아프다
잠도 오지 않고
겨우 든 잠 속에선
왜 이리 심란한 환상만이 오가는지

비는 하루 종일 내렸다
태풍에 밀려 나의 모든 번뇌 망상이
사라졌으면 하고 기대해 본다

이별 고백

유월의 마지막 날이다
우선 무슨 말부터 해야 하는 것일까?
누구에게 나의 진심을 털어놔야 할까?
아무도 내게 해답을 줄 수 없다는 것을
스스로 해결할 수밖에 없다는 것을 알면서도
왠지 답답함만이 더해갈 뿐
결론이 나지 않은 상황에서 말해 버린 것이
나의 실수라 생각한다

무언가 주고받으며
그 속에서 기쁨을 느낄 수 있는
사이가 되어 준다면
그것은 필시 사랑이리라
하지만 받는 것이 부담스럽다
이게 웬 말이냐고?
주지는 못하면서 받기만 하는
입장에 서본 사람만이 알 수 있으리라
그럼 주고받으면 되지 않느냐고
생각할지 모르겠지만
그것은 마음에도 없이 행동으로 옮긴다는 것을
우린 이해할 수 없기 때문이다

설상 그로 인해 주었다 해도
그것은 거짓된 연극에 불과하지 않는가?

많은 시간을 가지고
더 깊이 생각했어야 되는 것인지
아님 오늘 나의 마음을 밝힌 행동이
잘한 것인지 나도 잘 모르겠다
더 깊은 만남이 되기 전에
우리는 헤어져야 한다는
결론을 얻은 것이다

이제 나의 확실한 행동만이
좋은 끝맺음을 할 수 있으리라
생각하기 때문이다
미안합니다
그리고 행복하세요

사랑스러운 님이여

사랑스러운 님이여
당신을 그저 멀리서만 사랑하렵니다
내가 떠났다 하여
나쁜 여자라 생각하지 말아 주십시오

세상엔 많은 사람이 있지요
나같이 별로 잘나지 않은 사람이 있는 반면
똑똑하고 어여쁜 사람도 많이 있다는 것을
깨달아야 합니다

절 멀리 떨구어 버려 주십시오
그러고는 사랑해 주세요
저의 욕심이지만
미움보다는 사랑이 나을 것 같습니다

전 아무것도 아니랍니다
보다 더 나은 미래를 향해
다른 곳으로 눈을 돌려 보세요
말하는 것으로만
다 되는 것은 아니니까요
언제나 우린

확실한 판난력을 가져야 하겠지요

안녕

저 하늘이 왜 이리 흐립니까?

저 하늘이 왜 이리 흐립니까?
아무렇지 않게 보고 싶어도
검은 구름이 시야에서 가까이 있습니다
금방이라도 나의 얼굴을
내리칠 듯한 기세로 날 노려보다가
지쳐버린 듯 잠시 수그러들었습니다

무엇이 밝은 건지
무엇이 어두운 건지
분간하기 어려운 시련을 겪고
모든 것에 눈이 멀었나 봅니다
누군가 그러더군요
사랑하는 마음으로 사랑스럽게
사랑해 달라고
상처를 내고 상처가 아물기까지
많은 고통의 시간이 필요하겠지만
그러나 노력할 뿐이지요

아름다운 꽃을 봐도 예쁘지 아니하고
좋은 음악이 들려도 즐겁지 아니하고
아주 신나는 일이 생겨도 아무런 감흥도

일어나지 않는 시간이 있습니다
그 시간을 어떻게 메꾸어 나가야 할까요?

그림에 한 곳이 잘못되어 버리면
영 쓸 수 없듯이
우리 인생의 백지장에
한 곳의 텅 빈 공간이 혼란과 갈등 속에서
헤매던 어디 즈음인가
우린 바보로 변하리라 생각합니다

서로가 사랑하며 용서하며 믿고 살기로 하지요
밤이 깊어갑니다
그저 캄캄하기만 한 내 마음에
등불을 밝히고 싶습니다

주소 없는 편지

지난 모든 일들이
슬프게 느껴질 땐 어찌해야 하나요
세상 사람들이 모두 내게
손가락질해도 상관없지요
그저 크게 소리 내어 울고 싶습니다
한 사람의 마음에 깊은 상처를 던져주고
그렇게도 매정하게 돌아서 버린
제 자신이 미울 뿐입니다

절 이해해 주길 바라진 않겠습니다
오해가 악의 뿌리를 내리게 될까 두렵습니다
하지만 믿음이 있습니다
이 난관을 극복하고 새롭게 더욱더 밝은
앞날을 위해 노력하시리라는 것을

제게 물으셨죠
마음 한구석이라도 마음이 있었으니까
만났었던 것이 아니냐고
그렇습니다
그건 사실이에요
당신은 내게 있어 정신적으로 많은 힘이 되어 주었습니다

하지만 우리 둘이 헤쳐 니가야 할 일들이 너무 많았고
전 그것에 대해 자신이 없었답니다

세상은 나 혼자만이 아무런 인과관계 없이
살아가는 것이 아니니까요
어차피 헤어져야 한다면 더 많은 정을
주어서는 안 된다는 결론이 있었기 때문이죠

꼭 헤어져야 할 이유를 말하라고 할 때가
가장 힘들었습니다

제가 스물한 살 때 사랑을 했습니다
무조건 주는 쪽의 사랑이었죠
하지만 상대는 그것이 부담이 되었는지
내 곁을 떠나 버렸답니다
단 한 마디의 이유도 없이

처음엔 배신당했다는 생각이 머리를 어지럽히더군요
그러곤 한 달 후 배달된 한 통의 편지엔
잊어 달라는 말뿐이었습니다
그 후의 소식은 종종 듣지만

전 모든 것을 날 위해 떠난 것으로 생각하게 되었고
이제는 앞날을 축복해 줄 뿐입니다

그런데 당신이 주신 사랑에 대해
아무런 보답을 해 드리지 못하고 떠나와야 했습니다
주는 것보다 받기만 하는 것이
얼마나 힘들었는지 모릅니다
그날 차라리 뺨이라도 한 대 때려 주셨으면
이렇듯 마음이 무겁지는 않았을 것을 말입니다

이 긴 사설이 무슨 소용이 있겠습니까마는
이제부터 저는 진정한 의미의 삶에
충실히 살기로 결심했습니다
미워하고 욕을 하셔도 됩니다
그래서 마음이 편해질 수 있다면

사랑 이야기

기쁨도 서러움도 없습니다
그저 다만 묵묵히 쉬고 있을 뿐입니다
당신이 내가
모든 이들의 축복을 받는 날을 기다리며
시간을 메꿀 뿐

이 가을의 찬바람도
다가올 겨울 이야기도
아직은 꿈꾸지 않고 있습니다
그저 따뜻한 겨울 이야기가 되리라
기대를 조금 해 봅니다

사랑하면 그 누구보다도 행복하다는 것을
전 알고 있습니다
부귀도 영화도 필요하지 않습니다
오로지 당신과 나 둘만의
사랑과 행복만을 꿈꿀 뿐입니다
우리 서로 믿어 주는 사랑 이야기를
엮어 보기로 하지요

갈등

8월도 이제 삼 분의 이가 지나고 있다
왠지 요즘 생활의 리듬이 깨어져 버린 것 같다
누구 때문인지……
이 어린 마음에도 벌써 스물넷이라는
나이를 떠올리게 만드는 것이 있다

사랑을 받고 있음은 분명한데
주는 마음은 그에 반도 차지하지 못하고 있다
한편으로는 미안하고
또 한편으로는 귀찮아질 때도 있다
이젠 지쳐버린 몸짓으로
그저 날갯짓만 파닥거릴 뿐
확실한 마음의 결정을 내릴 수가 없는 상태에서
자꾸만 퍼부어지는
그때 감정을 이겨 낼 수가 없을 것 같다

내년 봄까지 서로 많은 생각의 시간을 가지자고 했지만
그리 쉽지만은 않음을 난 안다
조금의 양보와 조금의 욕심을 버리면
쉽게 결정할 수 있을지도 모르는데
왜 이렇게 자꾸만 방황과 고뇌를 하는지

만나면 왠지 투덜거리고 싶어진다

모든 것이 보기 싫고
얼른 그 자리를
벗어나고 싶은 마음뿐이고
그러고 나면 후회스럽다
조금만 더 잘해 줄걸
다음엔 좀 더 잘해 주어야지
그렇게 생각하고 만나지만
그리고 내게 너무 잘해 주지만
왜 난 이렇게 거부감만이 생기는 것인지
혹 이것이
사랑이 아닌 것인지도 모르겠다

그 시절

한 계절이 가고 있습니다
가지마다 매달렸던 나뭇잎들도
몇 개 남지 않았습니다
찬바람은 불고 차가운 옷깃을
자꾸만 여며가는 시간입니다

아름다움을 꿈꾸던 시절이 있었습니다
그러나 갑자기
모든 것을 사그라들게 만든 것이 있었습니다
무섭고 슬픈 순간이었습니다

자꾸만 자꾸만 움츠리고 떨고 있는
자신을 발견했습니다
당신에게 있어 저의 존재가
그 정도로밖에 서 있지 않았다면
전 그 자리를 스스로 비우렵니다

모든 게 끝나버린 듯한 순간
모든 시간이 정지해 버리고
나 자신도 정지해 버리고
아름답게 꾸던 꿈은
산산이 부서져 버리고 말았습니다

믿음을 잃어버린 지금
이제 나 홀로 외로운 길을 가기 위해
다시 한 번 깊은 생각에 잠겼습니다

실망

오늘 하루 종일 화가 나고 울고 싶었습니다
당신은 이제까지의 나의 모든 말과 행동을
믿을 수가 없었고 믿지 않았다고 하셨죠?
아무것도 믿어 주지 않는 사람에게
나의 진실을 이야기했다는 것과
가식으로 뒤덮인 당신의 말과 행동을 믿고 따랐던
전 그저 혼자서 진실되고 싶어
날뛰던 바보였다는 사실이
무척이나 화가 났답니다

나 자신 스스로가
깨닫지 못한 죄가 크겠지요
앞으로 어떻게 당신의 말과 행동을
받아들여야 할지 모르겠습니다
보이는 그대로 보지 못할 것 같습니다
이렇듯 자꾸만 순수하게 보던 눈은
거짓으로 보는 눈으로 변해 가는가 봅니다
기뻐해야 할 때 기뻐하고
슬퍼해야 할 때 슬퍼할 줄 모르고
항상 슬퍼해야 한다면
앞으로 전 어떻게 해야 할까요?

내 마음이

밤새 비가 내리고도 부족해
반나절을 더 내렸지만
그래도 물 걱정은 심각합니다
새파란 신록의 계절은 어김없이 찾아와
날 유혹합니다

갑갑한 새장 속의 새처럼
나의 뜻이라고는 하나도 주어지지 않는
나의 생활이 지루함에 부채질합니다

새 생명을 잉태하기 위한 노력도 해 봅니다
자꾸만 기울어가는 마음을 잡을 수 없어
머리를 쥐어뜯는 아픔을 겪으며 사는
나 자신이 불쌍히 여겨집니다

찬비가 속살까지 스며드는
초여름비가 내려
대지를 진초록으로 만들어 버렸습니다
조용한 산사를 찾아가 보았으면 하는
바람이 있습니다

나의 화원

베란다의 채송화와 봉숭아가 꽃을 피우고
고추나무에 고추가 주렁주렁 열리고
도라지도 부지런히 크고
돈나물도 쑥쑥 자라고 알로에도 잘 자란다
요즘은 난 화분도 많이 늘었다
한란, 춘란, 중국란
아침저녁으로 물을 주는 재미
꽃과 열매를 보는 재미도 좋다
꽃을 보고 있으면
글을 쓰고 싶다는 생각을 하게 된다

오늘은 채송화와 봉숭아 이야기를 쓰고 싶다
얼마 전 옆집 할머니께서 손톱만 한
채송화 몇 그루를 가져다주셨다
넓찍한 화분에 심고
물 주기를 게을리하지 않은 내게
그것들은 기쁨을 주었다
키도 쑥쑥 자라고 옆으로 가지가 벌어져
화분에 가득하게 되었다
신문과 잡지책을 태워서 재를 만들고
아이들 오줌을 부어 섞어 놓으니

구더기가 생기기 시작했나
너무 징그러워서 전년도에 나온
전화번호부 책 한 권을 태워
뜨거울 때 밑에 있는 것과
뒤섞어 놓았더니 구더기는 다 없어졌다
해서,
그것을 고추 심은 곳, 도라지, 채송화, 봉숭아 화분에
잔뜩 얹어주니 잘도 자란다

지난 6월 13일은
채송화 꽃이 분홍색 꽃 한 송이, 진분홍색 꽃 두 송이,
그다음 날은
분홍색 꽃 두 송이, 진분홍색 꽃 네 송이,
노란색 꽃 세송이, 주황색 꽃 한 송이가
화분 가득 피어 있고
어제부터 봉숭아도 피기 시작하더니
오늘은 세 송이나 피었다

어린 시절 우리 집과 친구 집의
장독대와 돌담 사이에 피어 있던
봉숭아와 채송화가 가슴 저미도록 그립다

요즘은 어느 것이 무슨 색 채송화인지
기억해 내느라 바쁘다
나중에 씨를 받아 내년에 심기 위해서다
제라늄 꽃이 아주 예쁘게 피어 있고
선인장 꽃도 매일매일 피어난다
이제 조금 있으면 도라지꽃도 피어나겠지?

진실

느끼셨을 겁니다
제 마음이 당신을
받아들이지 못하는 것을

알았습니다
당신이 제게
진실을 보이지 않는다는 것을

그래서 말입니다
약속하지 않아도 될
그저 좋은 만남이었다고만
말하렵니다

한 가지 더
우리 서로가
자신을 돌이켜볼 때
부끄럼이 없는
진실된 삶을 살기로 해요

서른세 살에

아침에 창문 틈새로
서늘한 바람이 불어와
코끝에 가을을 묻혀다 준다

항상 계절에 민감한 난
겨울이 지나면서
봄의 향기를 남들보다 먼저 느끼고
여름은 더위를 참지 못해 허덕이다가
가을의 향기가 난다 싶으면
온도계의 도수가 2~3도가
내려가 있는 것을 볼 수가 있다

내가 가장 좋아하는 계절은 봄이다
겨울의 끝자락에서
봄의 향기가 전해져 올 때면
난 은행나무와 모과나무, 목련나무들의
눈을 유심히 살펴보는 버릇이 있다
길을 걷다가도 나무 밑에서
물오른 나뭇가지를 보며
가슴엔 설렘과 새로운 시작을 느낀다

하루하루 날라시는 나뭇잎을 보면서
나는 나의 여섯 살배기 딸에게 묻는다
"소라야 저 나무 끝을 봐 나뭇잎이
벌써 저렇게 많이 자랐구나
참 예쁘지?" 하고 물으면
그 아인 눈을 동그랗게 뜨고
"엄마 저게 나뭇잎이야?" 하면서 응대를 해준다
난 그것만으로도 행복에 겨워 아이를 꼭 껴안고
나의 가슴을 진정시키곤 한다

엊그제부터 그 무덥던 여름 날씨가
아침저녁 서늘한 바람이 불어와
나의 코끝에 가을 냄새를 가져다주었다
누구에게든 이런 가슴을 열어 보이고
이야기하고 싶지만
나의 말에 귀 기울여 줄
그 누군가를 찾는다는 게 무척이나 어렵다
현실에 얽매여 나의 이런 감정은 사치라고 생각할 것 같고
아직 미숙이란 생각을 하게 될 것 같아서

가끔 가는 산에서도 난 나무와

무수히 많은 이름 모를 풀들을 바라보면서
자연과 대화를 나누고 싶은데
같이 간 사람은 산을 오르고 내려오는 것에만 급급해
자연과 벗할 마음의 여유를 느낄 새가 없다
훗날 나이가 들어 속세의 잔정들을 버리고
나 혼자만의 시간과 공간 속에서
자연과 벗하며 살아가고 싶은 게 나의 소망이다

인생

파리 한 마리가 궁핍을 떤다
세상살이는 항상 외로운 길이다
하지만 우리는
그 외로운 길을 같이 동행해 줄
동반자를 만들어 살아가고 있다
나도 마찬가지다

한 남자와 한 여자가 만나
깊은 관계를 맺고 무촌을 이루어
가장 가까운 사이가 되어 가족이라는
울타리를 만들어 생활하게 되고
일촌이라는 자식을 갖게 된다

뭔가 남보다 더 멋진 삶을 살려고
노력하는 사람이 되기로 마음먹었었다
그런데 똑같다
세상살이가

5장

시인이고 싶다

어찌할꼬

어찌할꼬
어찌할꼬
아하! 어휴
어찌할꼬
내 갈 길은 어디메요
내 갈 길은 어디메요
오란 말 한마디면
아무 말 않고 가련마는
나 오라는 데는 없고
내 갈 길 바쁘다오

어느 봄날

하늘이 몹시도 맑다
이제 완연한 봄이나
쑥 내음새 가득 찬
풀밭에 누워 이야기하고 싶다

모든 자연의 움직임을
언제나 속삭이듯
내 귓가에 울리는
자연의 소리를 듣고 싶다

괜스레 설레는 마음을
어찌 감당하리
많은 이야기가 오가고
세월은 흐르건만
해는 지고 다시 또 뜨지만
우린 지칠 줄 모르고 이야기한다

그대의 향기

그대의 마음은 한 송이의 꽃
이름도 없는
아름다운 향기를 지닌 꽃이랍니다
당신이 내 곁에 다가올 때는
언제나 향기를 가득 앞세우고 오지요
그래서 당신이 오실 땐
언제나 행복하답니다

당신께 부탁드릴게요
항상 그 향기 잃지 말아 달라고요
그 향기를 맡고 싶을 땐
당신이 그리워진답니다
언제나 그득한 향기 담고
날 찾아주세요

마지막 잎새

마지막 잎새가 떨어지는 날
낙엽을 모아 불태워야지
봄부터 이 순간까지
그렇게도 크기를 원하더니
이제야 다 자란 때가 되어
끝맺음을 하게 되었다

한 치의 남김없이 불태우리니
훗날의 까만 재 속에서
그 빛 찬란한
옥구슬이 되어 남으리

삶의 의미

시간은 너무도 빠르게 달리고 있다
앙상하게 남은 길가 가로수 줄기에 물이 오르고 있다
이제 봄이 오려나 보다
아니
봄은 이미 문 앞에 와 있다

한여름 울창한 잎을 달기 위해
나무들은 늦겨울부터 서서히 기지개를 켠다
아스팔트 위를 걸으며
지난가을에 떨어진 낙엽을 밟아본다
지난가을엔 이 잎도 예쁜 옷을 입고 있었겠지

하지만 이제는 다 말라비틀어진 채로
모든 이들의 발길에 차이고
또 뒹굴고 그러다가 가루가 되어
한 줌의 거름이 되어 준다
우리의 인생도 아마 그렇게 되지 않을까 생각한다

아무 의미 없이 와서
평범한 삶에 도취되어 살다가
병들고 늙어 죽어 다시 땅속에 묻히는

하지만 무언가를 이루고 떠난다면
그 삶에 의미를 부여하는 것이
되지 않을까 하고 생각한다

사람이 때를 기다리며 사는 것보다는
기회를 만들어 이루어야 한다
요즘은 마냥 기다림의 시간은
무의미 그 자체가 아닌가 싶다

열심히 살아라
그 말을 해주고 싶다
자만심에 들어 행동하지 말고
모든 행동은 깊은 생각 후에
하도록 했으면 하는 바람이 간절하다

내 마음

우리 인간은
자기의 마음을
자기 마음대로 움직일 수 없고
고난에 처해 있을 때
종교를 가지게 된다

종교란
부모님께 의지하는 것만큼
아니 그보다 더 많이
의지하며 살아가는 것이
아닐까?

세상이 모두
고요하기만 한 것은 아니다
좀 조용히 살고 싶었는데
조용하지 않은 세상을
조용히 하라고 타이른다고
조용해진다면 언제나 조용히
살 수 있을 텐데
자기 삶에 많은 가치를 부여하기 위해
우리는 모두 열심히 노력해야겠지

조용한 음악과 함께
이 시간을 보낸다는 것이
또한
수많은 연인들의
대화를 듣고 앉아 있다는 것이
모든 것을 사랑하고 싶다는 욕망이
갑자기 꽃을 가지고 싶다는 욕심이
진짜의 내 마음이 아닌 것을
난 알고 있다

어제 오늘 내일

하루 또 하루가 간다
어제란 놈은 벌써
저만치 달아나 버리고
내일이란 놈은
뭐 그리 바쁜지
눈앞까지 와서 기다린다
오늘을 밀치고 있는 내일
그 내일이 있기에 우린
이렇게 살아가는 것이 아닐까

질문과 대답의 조건

소리 없는 바람
생명 있는 바람
너그러이 용서하는 마음
굳이 대하지 않아도
사랑할 수 있다

감정과 이성의 엇갈림
어느 날 사랑의 예찬을 읊조리며
무언가를 계획했었다

과거는 슬픔과 기쁨
뒤범벅된 자전거의 바퀴 자국들
일자로 똑바로 가면 되었었다

비가 내리는 맘
가을의 맞부딪침
겨울의 차가운 바람
성낸 얼굴은 그러했었다

질문과 대답의 조건
영원한 얽매임의 사실

사랑 2

내 영혼 속을
스치고 지나가
어느 이름 모를 곳에 잠적해버린
하얀 백지의 사연 앞에
사랑이란 두 글자를 새겨 넣어
모든 것에 생명을 불어넣었다

마지막 생명이 다할 때까지
조그만 별이 되어 지켜보리니

구름 속에 가려져도
별은 살아 있다
다만 인간이라는 존재의
눈에 보이지 않을 뿐

모든 것은
내가 살고 죽음에 있으니
내 존재케 하는 것이
그것에 매달리느니라

만남은 이별을 만드는 기초 공사다

기초 공사가 튼튼해야
이별의 아픔이 덜하다

모든 것은 마음으로부터
시작하고 끝맺지만
아주 좋은 만남을
순간에서 이별까지를
'아름답다'란 단어로
내 간직하고 싶을 따름이다

내가 생각하기엔

세상은 공통분모
분자의 계산 아래 세상이 돌아간다

백화점의 계산대
그것은 작은 컴퓨터 인간의 두뇌를 말한다

도로의 신호등
파란불과 빨간불
나를 멈추게도 하고 가게도 한다

인생길은 외로움
늘 혼자 가야 할 길 그래서 고독하다

하얀 조개껍질
바닷가의 모래 위 파도 소리
연인들의 웃는 소리다

알록달록 색채의 조화
그곳엔 우리가 있고
마음도 그곳에 있다

첫눈이 올 때

희고 검은 알갱이
모든 번뇌를 다 떨구듯이
우리네 마음을 모두 비워둔 채
차갑게 퍼붓는다
흩날리는구나
참으로 아름답구나
감탄하지 않음이 이상하구나

산사를 찾는 마음은
번뇌로 가득 찼지만
향 피워 삼배 올린 마음은
평온 그 자체가 아닐까?

만물이 모두 그렇듯이
우린 자연의 순리대로 살아가는
아주 고귀한 삶을 지녔어라
바람이 차갑게 분다
긴 머리카락이 휘날린다

나에게

새로운 봄을 맞이하기 위한
발돋움이 시작되었다
지난가을에 날리던 낙엽이
채 사라지기도 전에
우린 또다시
새로운 것을 창조해야 한다

모두가 새롭게
'새롭다'란 말이 퍽 아름답다
난 무엇인가를 창조하는 봄과
모든 것이 결실을 맺는
가을이 좋다
무언가 침체된 것 같은 여름과
텅 빈 공간을 남긴 채
머물고 있는 겨울은 싫다

항상 사고하고 행동할 수 있는
생활이 난 무척이나 좋고, 사랑한다

기지개

때론 '외롭다' 말하자
그리고 사랑하자고도
세상은 모든 이들이 만들고
모든 이들에 의해 무너진다

지난겨울 불던 바람에
추위 떨고 있던 갈대 줄기들도
새봄이 오니 다시 싹을 키운다

가을이면 다시금 보게 될 갈대숲
가을 이야기들
긴 겨울잠을 깨기 위해
오늘은 큰 기지개를 힘껏 켜야지

봄이 온 자리에

봄이 온 자리에
가을을 만들고 싶단다

내 가슴에도 책상에도
가을을 사랑한다고
말할 자격도 없는 이가
가을을 노래하고 싶단다

새로운 님에게서
과거의 님을 만나려 한다

봄엔 새로운 싹을 키워야지
가을에 진 잎새들을
키울 수는 없지 않은가?

발가벗은 몸뚱어리에
옷을 입히자
새로운 울긋불긋하고
알록달록한 옷이 아닌
새파란 옷을 입히자

플라타너스 나무 위에서
방금 앉은 새가 지저귄다
사랑을 하고 싶단다
기지개를 켜고 싶단다

어린 신자

밝은 빛 자리를 같이한 지
어느덧 여덟 해
산사를 찾는 나그네의
발걸음은 아직 무거웁고
신발 가지런히 벗어놓고
법당에 엎드린 마음
언제나 한결같아도
벗은 신발 신고 나면
또다시 찾아드는 번뇌 망상
누구의 이익이 큰 것인지
누구의 손이 큰 것인지
자를 놓고 재어봐도
알 수가 없습니다

마지막 잎새처럼

겨우내 떨고 있던
나뭇잎들이 울고 있다
새봄을 맞이해야 할
새 생명의 두려움인가?
흙으로 가기 싫은
치절한 자신의 삶에 대한 서러움인가?

연둣빛, 초록빛, 노란빛, 붉은빛
그리고 갈색
간밤에 그리도 슬피 울더니만
마지막 잎을 떨구었다

오 헨리의 「마지막 잎새」
생의 마지막에 떨고 있는
진정한 인간의
모습이 보인다

살다 보면

살다 보면
모든 것이 귀찮아질 때도 있어
또 살다 보면
남의 시선 신경 쓰지 않고
생활하고 싶을 때도 있어

그러다가
혼자 홀 떠나고 싶을 때도 있지
그럴 땐 세상의 근심 걱정 다 내려놓고
홀 떠나봐
가다가 산이 나오면 산에 오르고
또 가다가 물이 나오면 발도 담그고
집착을 내 어깨에서 내려놓고
홀 떠나봐

많은 것을 소유하다 보면
버릴 것이 너무 많아서
떠나기가 힘들지
많은 짐을 내려놓고
적당히 지고 살아
그래야 가벼운 어깨로 홀 떠나지

내 나이 오십

세월이 날 데리고 갔다
십 대 이십 대 삼십 대 사십 대
어느덧 오십
세월 속에서 나의 흔적들을 찾아본다
부모와 나와 자식
얼마나 숨 가쁘게 달려왔을까?
몸과 마음은 지쳐 있고
부모는 우리 곁을 떠나시고
아이도 자라서 벌써 우리 품을 벗어나고
내 인생의 흔적들을 찾기 위해
빛바랜 앨범을 본다

그래도 내 인생이
헛되지 않았음을 알고
열심히 살아온 나에게
머리를 쓰다듬으며 격려하고
이제부터 살아갈 내 인생에
밑그림을 그려 본다
그래 이제부터 날 위해 사는 거야
힘을 내자 아자, 아자!

내 삶의 일부분

칠 센티미터 철판으로 둘러쳐
딱 갇힌 공간
아무도 없다
나 혼자뿐이다
아니 가끔은 찾아오는 이들도 있다

낡은 책상,
낡은 소파,
오래된 티브이
잘 켜지지도 않는 컴퓨터
냄새나는 연탄난로
이곳이 나이 오십에 가진
나의 새로운 직장 풍경이다

뭘 해야 할까?
뭐라 딱히 할 일이
많은 것도 아니고
혼자만의 공간에서
아직은 익숙하지 않은 모습으로
노안을 극복하려
돋보기를 코끝에 걸쳐 쓰고

숫자 놀음을 하다 보면
하루가 훌쩍 지나가 버리고
엉뚱하게도 난 벌써
이곳을 벗어날 궁리를 하고 있다

나의 어머니

검은 염색 머릿속에
뽀얗게 내미는
짧은 파마머리

세상의 고뇌를 모두 새겨
깊게 파인 이마
돋보기 너머 힘없는 눈동자
내 것은 없고
모조품만 남은 이

구부정한 어깨 사이로
시린 가슴은 남는 게 없고
힘없이 구부러진 허리
앙상함만 남은 엉덩이
제대로 지탱 못 하는 무르팍

구불구불 구부러진 손 마디마디
둘째 발가락 등에 올라탄 엄지발가락
신발 속에서도
발가락은 말타기를 계속한다

9월의 마지막 즈음

나뭇잎이 붉게 물들어 가는 날에
슬며시 스며드는 외로움이 있다

사랑을 갈구하는 몸짓으로
외로움을 떨쳐내려 하지만
호숫가에 앉아 있는
내 모습에서도
또 외로움이 밀려온다

정녕
바람에 흔들리는 저 나뭇잎처럼
떨어지고 말 것인가?

가을이 익어 간다

서쪽 하늘에
붉은 노을빛으로
가을이 같이 익어 간다

금호지의 불빛도
가을로 꽉 채워져 있다

산책로에 구절초가
흐드러지게 피어 있고
불빛 받은 소나무는
푸른빛을 더한다

나무 그네에 몸을 싣고
어울렁더울렁 춤을 추다 보면
나도 함께 가을 속으로
빠져들어 간다

수양벚꽃 잎사귀는
붉게 물들어 떨어지고
어둠이 내리면서
가로등이 하나둘 켜진다

우리 금순이도
좋아서 날뛰고
잔디밭에 제 몸을
비비면서 폴짝거린다

내 마음도 익어
가을 속으로
빠져들어 간다

떼라도 부리고 싶다

내 마음을 나도 어찌할 수 없기에
나의 마음 어떻게 해 달라고
누구에게라도
떼라도 부리고 싶다

내 마음은 이게 아닌데
말과 행동은
또 그렇게 나가지 않는다

하긴 마음이 그러하지 않으니
말과 행동이
그렇게 나가겠지

아직도 내 마음은
갈팡질팡한다
누구에게 떼를 부려볼까?

무제

지금 당장 내가
가장 읽고 싶은 책이 있다면
『삼국지』라고 대답했을 게다
고놈의 책이 왜 그리 보고 싶을까?

그다음
제일 먹고 싶은 것은 술이다
아주 진한 술로
실컷 마시고 싶다

아침 해가 솟았다
하지만 내 술자리는 땅속이라
햇빛이 비추어 주지 않는다
낮이나 밤
언제나 울긋불긋
화려한 조명들뿐이다